매력남녀
실천편

조성의 · 김현성 공저

베드로서원

매력남녀 실천편

기독청년들의 새로운 가치관 확립을 위하여 이렇게 사용하십시오

구성

매력남녀 실천편은 여덟 가지의 주제로 구성되어 있습니다. 주안에서 아름다운 교제를 원하는 크리스천 청년들은 앞으로 여덟 번의 만남을 통해 건강한 관계 발전을 위한 성경적 해결 방법을 발견할 수 있습니다.

1과는 사랑에 대하여 성경이 말하고 있는 정의와 그것을 우리의 삶에 어떻게 적용할 수 있을지에 대하여 다루고 있습니다. 2과에서는 하나님이 허락하신 짝을 찾는 법과 어떻게 그 짝과 함께 영적인 교제로 들어갈 수 있을지에 대한 도움을 얻을 수 있습니다. 3과에서는 매력적인 사람은 어떤 사람이며, 건강한 매력을 어떻게 발전시킬 수 있는지를 알려줍니다. 4과에서는 교제를 하면서 발생할 수 있는 위기 상황에서 어떻게 대처해야 하며, 그러한 위기로부터 탈출할 수 있는 구체적인 방법은 무엇인지에 대해서 다루고 있습니다.

5과는 성적 문란함이 넘실대는 이 시대에 기독청년으로서 지혜로운 대처 방법은 무엇인지 알아봅니다. 6과는 어떻게 하면 아름다운 결혼생활을 만들어 갈 수 있는가에 대하여 다룹니다. 7과는 결혼생활이나 깊은 교제 중 남녀의 차이에서 오는 문제들을 지혜롭게 풀어가는 방법에 대하여 다룹니다. 8과에서는 신성한 결혼생활에서 옳지 못한 관계가 가정과 부부관계를 어떻게 파괴하는지를 배우며, 건강한 가정을 이루는 방법과 하나님이 원하시는 '서로사랑법'에 대한 정리된 시각을 만나볼 수 있습니다.

대상

본 교재는 좀 더 하나님 중심적으로 살기를 원하는 크리스천 청년들을 위하여 준비되었습니다. 그리고 크리스천 청년들이 실생활에서 겪게 되는 어려움들에 대하여 함께 고민하며, 해결책을 발견해 나갈 수 있도록 구성되었습니다.

또한 이 교재와 별도로 준비된 책「매력남녀」는 소그룹 리더가 이 교재를 이용하여 스터디를 인도할 때 도움을 줄 것입니다.

사용방법

본 교재는 크리스천 청년들이 보다 쉽게 하나님의 뜻을 이해 할 수 있도록 하기 위하여 실생활의 문제를 중심적으로 다룹니다. 그리고 청년들의 가치관 확립을 위하여 필요한 성경구절들이 수록되어 있습니다. 수록

된 성경구절을 통하여 도입, 관찰, 해석, 적용질문에 답을 하거나 서로의 생각을 나누는 방법으로 진행하십시오.

교제의 열매가 풍성히 맺히기를 기대하는 마음으로 소그룹 멤버들과 함께 하되 모두의 변화와 성장을 위하여 S·E·A를 기억하십시오. S·E·A는 지지(Support), 격려(Encouragement), 상호책임(Accountability)을 의미합니다.

비전을 찾는 사람들은 서로를 지지하고, 격려하며, 서로 책임을 지는 자세를 갖습니다. 소망하기는 이 교재로 크리스천 청년들이 건강한 이성관을 세워나가고 나아가서는 하나님이 기뻐하시는 가정을 창조할 수 있기를 바랍니다.

c.o.n.t.e.n.t.s.

교재 사용 안내

1장

Love is Art

사랑이란

오래 갈수록 처음처럼 그렇게 짜릿짜릿한 게 아니야

그냥 무덤덤해지면서 그윽해지는 거야

아무리 좋은 향기도 사라지지 않고 계속 나면

그건 지독한 냄새야

살짝 사라져야만 진정한 향기야

사랑도 그와 같은 거야

사랑도 오래되면 평생을 같이하는 친구처럼

어떤 우정 같은 게 생기는 거야

–정호승의 「연인」 중에서–

사랑은 눈이 머는 것이다

한 여인이 사고를 당해 눈 주위의 피부가 몹시 흉하게 변해버렸습니다. 혼기가 꽉 차 있던 그녀는 계속 선을 봤지만 눈가의 흉터 때문에 번번이 퇴짜를 맞아 마음이 몹시 상했습니다. 그녀는 생각다 못해 메이크업학원에 다니며 흉터를 감추는 화장법을 배웠습니다. 그리고 마침내 평범한 남자와 선을 봐서 결혼하게 되었습니다.

그녀의 남편은 연탄을 팔고 배달해 주는 직업을 가진 사람이었습니다. 성실한 사람이었기 때문에 매번 일찍 장사를 나갔습니다. 그녀 역시 남편을 따라 이른 아침부터 함께 가게로 가야했습니다. 눈가의 흉터를 화장으로 가린 채 말입니다.

그녀는 늘 여름이 곤혹스러웠습니다. 더운 날씨 탓에 땀이 난 얼굴을 수건으로 닦다가 혹시 화장이 지워질까 불안했기 때문입니다. 남편이 닦아주겠다고 해도 행여 들킬까봐 늘 사양하며 눈 주위를 피해 조심스레 닦아내곤 했습니다.

그러던 어느 날, 연탄을 배달하는 도중 갑자기 비가 쏟아지기 시작했습니다. 급하게 비를 피하고 하늘을 바라보고 있었습니다. 그때 남편이 아내의 얼굴로 흘러내린 빗물을 닦아주려고 했습니다. 순간 여인은 망설였지만 '언젠가 알게 될 걸' 하는 마음에 얼굴을 내밀었습니다.

그런데 손수건을 꺼내 든 남편이 아내의 눈 주위만 빼고 물기를 정성스레 닦아주는 것이 아닙니까? 남편은 아내의 약점까지 사랑했고 그 약점을 들추어내지 않고 지냈던 것입니다.

사랑은 설레는 것?

우리는 사랑이라는 것을 배워본 적이 거의 없습니다. 인생에서 가장 중요하고 많은 부분을 차지하고 있음에도, 입시 공부, 취직 공부, 승진 공부에 밀려 도무지 사랑에 대해서 배워본 경험이 없는 듯합니다.

사랑이 뭘까요? 짜릿한 것인가요? 달콤한 것일까요? 설레는 감정이 사랑입니까? 대체적으로 사람들은 사랑을 정의할 때 이러한 '감정적인 요소'를 말합니다.

영화에서도 "사랑에 빠지는 감정"을 마치 사랑의 전부인 것처럼 말합니다. 그래서 '감정'이 식어버리면, 다시 새로운 '설렘'을 찾아다닙니다. 쉽게 만나고 헤어지는 인스턴트 사랑, 이혼율이 급속도록 높아지는 것 등은 그것을 증명하는 단적인 예라 할 수 있겠지요.

도대체 사랑이 뭘까요? 하나님도 그것에 대해 그냥 "본능에 충실해"라고 말씀하시며 침묵하셨을까요? 그게 아니라면 하나님은 과연 사랑을 뭐라고 말씀하셨는지, 그리고 어떻게 하면 사랑을 잘할 수 있는지에 대하여 알아보는 시간을 가져 봅시다.

∞ 사랑이란?

1. 사랑이 뭘까요? 각자의 생각을 말해보십시오.

2. 당신이 생각하고 있는 사랑의 의미는 혹시 감정의 측면이 강하지는 않습니까? 만약 감정이 사랑의 전부라면 그 감정이 사라졌을 때 어떤 일이 벌어질까요?

3. 에리히 프롬은 "사랑은 느낌이나 감정이 아닌 의지이고 노력이다"라고 했습니다. 당신은 어떻게 생각합니까?

∞ 로마서 5장 8절의 말씀을 묵상한 후 예수님의 사랑에 대해 생각해 봅시다.

롬 5:8

"우리가 아직 죄인 되었을 때에 그리스도께서 우리를 위하여 죽으심으로 하나님께서 우리에게 대한 자기의 사랑을 확증하셨느니라"

Project

∞ 자! 이제 고린도전서 13장 4～7절의 말씀으로 사랑의 기술 프로젝트를 시작해 볼까요?

고전 13:4～7

"사랑은 오래 참고 사랑은 온유하며
사랑은 투기하는 자가 되지 아니하며 사랑은 무례히 행치 아니하며
사랑은 자기의 유익을 구치 아니하며 사랑은 진리와 함께 기뻐하고"

1. 사랑은 __________ 것입니다. 그 의미는 무엇입니까?

2. 사랑은 __________ 합니다. 그 의미는 무엇입니까?

3. 사랑은 _______하는 자가 되지 않습니다. 그 의미는 무엇입니까?

4. 사랑은 _________하지 아니합니다. 그 의미는 무엇입니까?

5. 사랑은 ___________을 구하지 않습니다. 그 의미는 무엇입니까?

6. 사랑은 _______와 함께 기뻐합니다. 그 의미는 무엇입니까?

오래 참음의 본을 보여주신 분은 하나님입니다. 하나님은 우리가 악한 일을 한다 할지라도 기꺼이 참아주시며 다시 돌아올 때까지 기다려 주시는 분입니다. 사랑은 하나님처럼 기다리며 참아주는 것입니다.

온유하다는 말은 친절하다는 말이며, 다른 사람에게 도움이 되도록 선을 행하는 것입니다. 내게 상처를 준 사람에게도 오히려 선대하는 것입니다. 또한 온유하다는 것은 '관심', '인정', '격려'의 뜻을 표현하는 것입니다. 관심을 갖고 상대방을 인정하며 격려하는 것이 바로 사랑입니다.

투기란 다른 사람들이 잘되는 것을 보고 마음이 상해서 분노가 끓어오르는 것을 말합니다. 하지만 사랑이란 그럴 때 일수록 오히려 상대방의 잘됨을 축하하고 축복해 주는 것입니다. 자기 대신 왕이 될 것을 알면서도 다윗을 생명처럼 사랑했던 요나단처럼 말입니다.

무례히 행치 않는다는 말은 예절을 지키는 것입니다. 가까운 사람일수록 예절을 지키지 않은 경우가 많은데, 그런 관계일수록 더욱 예절에 신경을 쓰는 것은 어떨까요?

자기의 유익을 구치 아니한다는 것은 상대방의 유익을 먼저 구하는 것을 말합니다. 비록 자신의 욕구와 기대가 희생되더라도 타인의 욕구를 우선하는 행위입니다.

진리와 함께 기뻐한다는 말은 정직하다는 말입니다. 상대방에게 언제나 진실한 태도로써 대하는 것입니다. 사랑은 자신에게 불리한 상황이 닥칠 수 있음에도 불구하고 결코 속이지 않는 겁니다.

명사들의 사랑의 기술

"한 사람을 사랑한다는 것은 그 사람을 하나님이 의도하신 모습대로 본다는 것이다."
-도스도예프스키

"자신을 버릴 때 사랑은 비로소 자신에게 온다. 사랑을 받는다는 건 사랑을 주겠다는 약속이다. 누군가를 진정 사랑할 때 우리는 그 안에서 깊은 사랑을 발견한다."
-이철환

"사랑이란 두 인간 사이에 성실하려는 의지이다."
-루이제 린저

"무언가 사랑하려면 그것이 사라질 수도 있음도 깨달으라."
-G. K 체스터턴

"사랑의 첫째 의무는 잘 들어주는 것이다."
-폴 틸리히

"오늘이 배우자와 함께 시간의 선물을 즐길 수 있는 마지막 날인 것처럼 그렇게 살고 그렇게 사랑하라."
-에드 휘트

"대중을 구원하기 위해 열심히 노력하는 것보다 한 개인에게 자기 자신을 온통 헌신하는 것이 더 고귀한 일이다."
-댁 함마르셸드

"사랑은 그것을 주는 사람과 받는 사람, 모두를 치료한다."
-칼 메닝거

∞ 당신이 생각했던 '사랑'과 성경에서 말하고 있는 '사랑'은 어떤 차이가 있었나요? 성경이 말하고 있는 사랑의 의미는 '감정'의 측면이 강했습니까, 아니면 '행동'의 측면이 강했습니까? 당신이 새롭게 정리한 사랑의 의미에 대하여 자유롭게 의견을 나눠봅시다.

∞ '사랑의 기술'에 대해서 다시 한 번 정리해 볼까요?

사랑의 기술

1. 오래 참는다.　　2. 온유하다.
3. 투기하지 않는다.　　4. 무례히 행치 않는다.
5. 자기의 유익을 구하지 않는다.　　6. 진리와 함께 기뻐한다.

2장

반쪽 찾기

남자가 여자를 찾아 헤매는 이유
그리고
여자가 남자를 그리워하는 이유는
남자는 자신이 잃은 갈비뼈를 되찾고 싶어 하고
여자는 태어난 남자의 가슴으로
돌아가려고 하기 때문이다.
이 힘이 서로 끌어당김으로 남녀가 맺어진다.

-M. 토케이어의 「몸을 굽히면 진리를 줍는다」 중에서-

달팽이의 사랑

아무도 살지 않는 숲 속에 방울꽃을 사랑하는 달팽이 한 마리가 살았습니다. 달팽이는 아침마다 예쁜 방울꽃 옆으로 와서 "저어, 이슬 한 방울만 마셔도 되나요?"라고 말하는 것으로 하루를 시작했습니다. 그러나 방울꽃은 내리쬐는 햇볕 속에서 자기 몸이 마르도록 방울꽃 옆에 있던 달팽이의 사랑을 알지 못했습니다.

그렇게 세월이 흘렀습니다. 숲에는 노란 날개를 가진 나비가 날아 왔습니다. 방울꽃은 나비의 노란 날개를 좋아했고, 나비는 방울꽃의 하얀 꽃잎을 좋아했습니다.

달팽이에게 이슬을 주던 방울꽃이 나비에게 꿀을 주었을 때에도 달팽이는 방울꽃이 즐거워하는 것만으로 행복해 했습니다. "다른 이를 진정으로 좋아하는 것은 그를 자유롭게 해 주는 거야." 달팽이는 조용히 중얼 거렸습니다.

방울꽃 꽃잎 하나가 짙은 아침안개 속에 떨어졌을 때 나비는 바람이 차가워진다며 노란 날개를 팔랑거리며 떠나갔습니다. 나비를 보내고 슬퍼하는 방울꽃을 보며 달팽이의 잠 못 드는 밤이 시작되었습니다.

꽃잎이 다 떨어져 버리고 방울꽃은 이제 하나의 씨가 되어 땅 위에 떨어져 버렸을 때 흙을 곱게 덮어주며 달팽이가 말했습니다. "당신을 기다려도 되나요?" 씨앗이 된 방울꽃은 그때서야 달팽이의 사랑을 깨닫게 되었습니다.

싱글에서 탈출하라

봄에는 하루가 멀다 하고 들려오는 친구들 결혼소식에 짜증이 납니다. 여름이 되면 땀 때문에 끈적끈적해도 좋으니 제발 옆에 누군가가 찰싹 달라붙어 있으면 참 행복할 것 같습니다. 가을바람은 왜 이리도 쓸쓸하게 느껴지는 건지, 차디찬 가을바람이 가슴에 사무치면서 더욱 'OTL(좌절)' 하게 됩니다. 그리고 겨울은 다른 사람보다 더 춥게 느껴지는 이유는 뭘까요? '올해도 이렇게 나이만 먹어가는 걸까?' 하는 생각에 잔주름이 늘어가지는 않습니까? 아무래도 '독신의 은사'를 주신 것은 아닌지 진지하게 고민 해봐야 할 것 같지는 않습니까?

이번 만남을 통하여 연애를 시작하는데 있어서 번번이 실패하는 이유, 연애를 해도 자주 깨지는 이유, 좀더 깊이 있는 연애에 도달하지 못하는 이유가 대체 무엇 때문인지 생각해 봅시다. 그리고 그것을 해결하는 방안을 찾아봅시다.

한 가지 분명한 것은 "연애도 준비가 필요하다"는 것입니다. 그렇다면 과연 어떤 준비가 필요한지에 대해서도 알아보고, 그것을 갖춰나감으로써 이젠 지긋지긋한 솔로에서 한 번 탈출해보는 건 어떨까요?

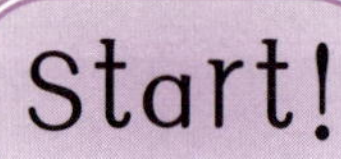

∞ 왜 나는 싱글인가?

1. 우리가 이성교제를 못하고 있는, 또는 이성교제를 하더라도 실패하게
   되는 결정적인 이유가 무엇 때문이라고 생각합니까?

2. 당신은 이성교제를 위한 준비를 하고 있습니까? 그렇다면 당신이 준
   비하고 있는 그것에 대해 말해보십시오.

3. 과연 멋진 이성교제를 위해서 어떤 준비가 필요하다고 생각합니까?
   아래의 보기 중에서 가장 중요하게 생각하는 순서대로 순위를 매겨보
   십시오.

•기도	•사람을 볼 줄 아는 안목
•재력	•시도하는 대담함
•외모	•상대방에 대한 지식
•성품	•집안 배경

∞ 당신을 위하여 하나님이 예비해 놓으신 반쪽은 반드시 어딘가에 있겠지요? 그 반쪽을 찾는 당신의 기준은 어떠했습니까? 지금까지 당신의 반쪽 철학은 혹시 '자기중심적'이지는 않았습니까?

룻 4:9~10

"보아스가 장로들과 모든 백성에게 이르되 내가 엘리멜렉과 기룐과 말룐에게 있던 모든 것을 나오미의 손에서 산 일에 너희가 오늘날 증인이 되었고 또 말룐의 아내 모압 여인 룻을 사서 나의 아내로 취하고 그 죽은 자의 기업을 그 이름으로 잇게 하여 그 이름이 그 형제 중과 그곳 성문에서 끊어지지 않게 함에 너희가 오늘날 증인이 되었느니라"

Project

∞ 기도하라

1. 먼저 하나님께 당신의 예비된 반쪽을 만나게 해달라고 기도해야겠죠? 어떻게 기도해야 할지 확인해 봅시다.

눅 11:9~10

"구하라 그러면 너희에게 주실 것이요 찾으라 그러면 찾을 것이요 문을 두드리라 그러면 너희에게 열릴 것이니 구하는 이마다 받을 것이요 찾는 이가 찾을 것이요 두드리는 이에게 열릴 것이니라"

∞ 배워라

2. 연애에 성공하려면 지식도 필요합니다. 사랑스런 '완소남녀'가 되기 위하여 무엇을 배워야 할까요?

• 남녀 간의 차이는 무엇인지를 배우세요.

• 어떤 사랑이 진정한 사랑인지를 배우세요.

∞ 외모로 끌어서 내면으로 승부하라

3. 외모가 과연 중요하다고 생각합니까?

4. 외모의 경쟁력을 갖추기 위해서는 어떻게 해야 할까요?

5. 외모만 번지르르 하다고 다는 아닙니다. 보기에는 좋지만 속이 텅 비
   어있는 사람이라면 곤란하겠죠. 정말 좋은 사람이 되기 위하여 외모
   와 함께 갖추어야 할 것 중 꼭 당신에게 필요한 것은 무엇입니까?

∞ 안목을 키워라

6. 좋은 사람을 만나려면 안목이 있어야 합니다. 우리가 키워야 할 안목
   이란 무엇입니까?

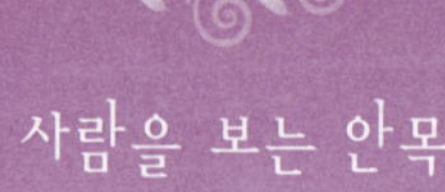

사람을 보는 안목

좋은 책을 고를 수 있는 눈은 하루아침에 길러지지 않습니다. 책을 많이 읽어봐야 좋은 책을 고를 수 있는 선구안이 생깁니다. 마찬가지로 사람도 많이 만나봐야 사람 보는 안목이 길러집니다.

꼭 한 사람만 만나서 그 사람과 연애하고, 그 사람과 결혼할 것이라는 '꽉 막힌' 생각은 절대 금물입니다. 심각하게 생각하지 말고 가볍고 건전하게 다양한 사람들을 만나보는 것이 중요합니다. 그러면서 사람 보는 안목이 자연스럽게 길러지는 것입니다. 물론 다른 사람들의 조언에도 꼭 귀 기울이기를 조언하는 바입니다.

100원짜리만 아는 아이는 1,000원짜리 지폐를 줘도 1,000원짜리를 버리고 도리어 100원을 달라고 합니다. 왜 그렇습니까? 1,000원짜리가 더 가치 있다는 사실을 모르기 때문입니다. 마찬가지로 내 수준(안목)의 차이가 배우자의 질을 결정합니다. 먼저 자신의 수준을 높이기 바랍니다.

하지만 잊지 말아야 할 것은 완벽한 사람은 없다는 사실입니다. 배우자에 관한 여러 가지 조건들을 구체적으로 적어놓고 기도하되, 그 중 절대 포기할 수 없는 부분 몇 가지만 충족된다면 오케이 할 수 있어야 합니다. 자신은 완벽하지 않으면서 너무 까다롭게 굴면 평생 혼자 살 가능성이 높아집니다.

"누가 현숙한 여인을 찾아 얻겠느냐 그 값은 진주보다 더 하니라"(잠 31:10)

남자가 원하는 것 VS 여자가 원하는 것

남자는?

자신을 있는 그대로 받아들여줄 여자
자신과 하는 일들에 대해 믿고 의지하는 여자
자신이 한 일, 혹은 하고자 하는 일을 존중하는 여자
욕구를 채워줄 기회를 주는 여자

여자는?

자신을 행복하게 해주고 싶어 하는 남자
자신의 상황을 이해해 주고 자신의 감정을 존중해 주는 남자
자신의 가치를 인정해 주고 사랑하며 소중히 대해 줄 남자
비밀을 누설해서 믿음을 깨뜨리거나 배신하지 않을 남자
자신이 원하고 바라는 것을 미리 알아주는 남자
자신이 좋아하는 것을 이해해 주고 모든 일을 미리 알아서 챙겨주어 생각조차
할 필요가 없게 해 줄 그런 남자

∞ 이 만남을 통해 무엇을 배웠으며, 무엇을 느꼈나요? 오늘 배운 내용에 자신을 한 번 비춰보세요. 나는 과연 연애를 위해 얼마만큼 준비되었는지 생각해보세요. 준비하지 않으면 달콤한 열매 또한 기대하기 힘들 것입니다.

∞ 반쪽 찾기 프로젝트를 다시 한 번 정리해 볼까요?

반쪽 찾기

1. 하나님께 구하라.   2. 배워라.
3. 외모로 끌어서 내면으로 승부하라.   4. 안목을 키워라.

3장

매력남녀

누군가에게 마음이 끌리는 것은

당신 자신이

정신적 성장을 위해 필요로 하는 것을

상대방이 가지고 있다는 사실,

그리고

상대방이 필요로 하는 것을

당신이 가지고 있다는 사실을 깨닫기 때문이다.

-존 그레이의 「화남 금녀 사랑의 잠언록」 중에서-

매력 남녀가 되기 위한 10가지 충고

흔히들 매력적인 사람이 되고자 자기 변화를 시도할 때 외모에 집중하는 경향이 있습니다. 물론 외모가 멋지면 첫인상에서 좋은 점수를 받을 수 있습니다. 그러나 외모로 내려지는 평가는 길지 않습니다. 더 중요한 것은 그 사람의 성품, 행동, 됨됨이 등입니다.

- 남의 말을 잘 들어라.
- 항상 명랑하고 유머를 잃지 말라.
- 사람을 기려 사귀지 말라.
- 약속을 생명처럼 지키라.
- 남에게 늘 감사하는 마음을 전하라.
- 필요할 때 망설이지 말고 필요한 행동을 취하라.
- 꿈을 향해 노력하고 최선을 다하는 사람이 되라.
- 외모를 단정하게 하라.
- 말을 골라할 줄 알라.
- 남에게 인색하게 굴지 말라.

위에 언급된 대로 행동한다면 당신은 분명히 매력적인 사람이 되어 있을 것입니다.

쫓아오게 만들어라

대다수의 평범한 사람들은 '쫓아' 다닙니다. 하지만 그런 사람들의 문제점은 바로 밤낮 쫓아다니기만 하는데 있습니다. 단순무식하게 쫓아다니기에 바쁜 나머지 자신을 가꾸는데 소홀했기 때문입니다. 그런데 정말 멋진 사람은 '쫓아오게' 만드는 사람입니다.

그렇다면 어떻게 쫓아오게 만들 수 있을까요? 그것은 내가 '매력적인 사람'이 되는 것입니다. 물론 여기서 매력이라는 것은 단지 외모만을 의미하는 것은 아닙니다. 외모는 '한계효용체감의 법칙'에 의해 그 생명이 그리 길지 않기 때문입니다. 그리고 예쁘기는 한데 인격이 덜된 사람은 '밥맛'입니다. 그런 사람 곁엔 오래 있고 싶지 않습니다. 하지만 훌륭한 인격을 가진 사람을 만나면 만날수록 만나는 맛이 납니다. 그래서 자꾸만 그의 곁에 있고 싶어집니다. 뿐만 아니라 그런 사람은 굳이 쫓아다니지 않더라도 입소문을 타고 사람들이 모여들기 마련입니다. 내가 먼저 매력적인 사람이 됩시다. 찍지 않아도 찍힘을 받게 될 것입니다.

Start!

∞ 매력적인 사람은?

1. 당신은 어떤 사람을 매력 있다고 생각합니까?

2. 당신은 이성에게 충분히 매력적이라고 생각합니까? 당신의 매력지수
   와 매력지수를 키우기 위한 투자지수를 기록해보십시오.

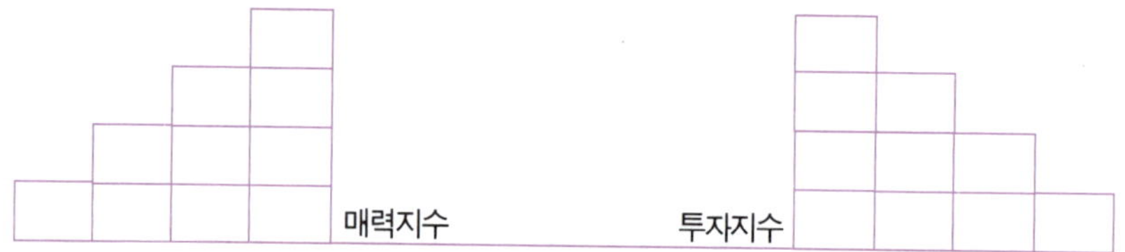

3. 당신이 가진 매력 중 다른 사람에게 어필할 수 있는 최고의 매력은 무
   엇인가요?

∞ 진정한 매력은 내면(인격)에서 흘러나옵니다. 그리고 그것은 성령의 9가지 열매를 통해 얻어지는 것입니다. 갈라디아서 5장 22~23절을 다시 한 번 묵상해 봅시다.

갈 5:22~23

"오직 성령의 열매는 사랑과 희락과 화평과 오래 참음과 자비와 양선과 충성과 온유와 절제니 이같은 것을 금지할 법이 없느니라"

Project

∞ 은혜로운 남자 매력 있지 않나요?

1. 은혜가 무엇이라고 생각합니까? 한마디로 정의해 보십시오.

Tip

"어떤 면에서 은혜란 너무도 놀라운 단어이기 때문에 정의할 수가 없다. 하지만 그것을 받을 자격이 없는 자에게 베풀어지는 호의라고 묘사하는 것보다 더 나은 정의는 없다."   -로이드 존스-

2. 은혜로운 남자의 특징은 무엇입니까?

룻 2:13

"나는 당신의 시녀의 하나와 같지 못하오나 당신이 이 시녀를 위로하시고 마음을 기쁘게 하는 말씀을 하셨나이다"

3. 경건이란 무엇입니까?

Tip

경건은 하나님에 대하여, 이웃과 주변 세상에 대하여, 그리고 자기 자신에 대하여 예수 그리스도 안에서 하나님을 믿는 믿음으로 사는 삶의 태도이며, 이러한 삶의 자세로 받은바 구원의 선물에 합당한 삶을 구체적으로 실천하는 행동에 대한 총칭이다.

4. 경건한 남자의 특징은 무엇입니까?

약 1:27

"하나님 아버지 앞에서 정결하고 더러움이 없는 경건은 곧 고아와 과부를 그 환난 중에 돌아보고 또 자기를 지켜 세속에 물들지 아니하는 이것이니라"

∞ 베푸는 남자 매력 있지 않나요?

5. 베푸는 것은 무엇을 말합니까?

Tip

"나는 재산이 많아서가 아니라 욕심이 적기 때문에 부요하다."

-J. 브라더톤-

6. 베푸는 남자의 특징은 무엇입니까?

룻 2:14

"식사할 때에 보아스가 룻에게 이르되 이리로 와서 떡을 먹으며 네 떡 조각을 초에 찍으라 룻이 곡식 베는 자 곁에 앉으니 그가 볶은 곡식을 주매 룻이 배불리 먹고 남았더라"

Project

∞ 순종하는 여자 매력 있지 않나요?

1. 순종이란 무엇을 말합니까?

빌 2:6~8

"그는 근본 하나님의 본체시나 하나님과 동등 됨을 취할 것으로 여기지 아니하시고 오히려 자기를 비어 종의 형체를 가져 사람들과 같이 되었고 사람의 모양으로 나타나셨으매 자기를 낮추시고 죽기까지 복종하셨으니 곧 십자가에 죽으심이라"

2. 순종하는 여자의 특징은 무엇입니까? 그리고 왜 여자에게만 순종을 요구합니까?

룻 3:5~6

"어머니의 말씀대로 내가 다 행하리이다 하니라 그가 타작마당으로 내려가서 시모의 명대로 다 하니라"

∞ 지혜로운 여자 매력 있지 않나요?

3. 성경에서 말하는 지혜란 무엇입니까?

잠 9:10

"여호와를 경외하는 것이 지혜의 근본이요 거룩하신 자를 아는 것이 명철이니라"

4. 지혜로운 여자의 특징은 무엇입니까? 주로 무엇과 연관되어 있습니까?

잠 31:26

"입을 열어 지혜를 베풀며 그 혀로 인애의 법을 말하여"

5. 인내란 무엇입니까?

Tip

남자들은 자신의 감정을 잘 표현하지 못한답니다. 그래서 남자에게 시간을 줄 필요가 있습니다. "우리는 어떤 사이지?"라고 물어보며 관계를 '명확히' 하기 위해 서두르지 않는 것이 필요합니다. 남자를 위하여 기다려 주세요.

6. 인내하는 여자의 특징은 무엇입니까?

롬 5:3~4

"다만 이뿐 아니라 우리가 환난 중에도 즐거워하나니 이는 환난은 인내를 인내는 연단을 연단은 소망을 이루는 줄 앎이로다"

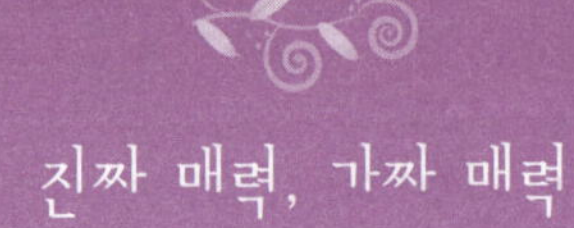

진짜 매력, 가짜 매력

철학자 소크라테스는 얼굴이 못 생겼었답니다. 어느 극작가는 '구름'이라는 글에서 보기 싫은 그의 얼굴을 풍자하기도 했는데 많은 사람에게 공감되어 연극으로 꾸며질 정도였다는군요.

한 번은 연극이 공연되고 있는데 소크라테스가 직접 참석하여 관객에게 "내 얼굴을 먼저 보고 연극을 보세요. 더 재미있을 겁니다"라고 인사를 하여 사람들을 즐겁게 한 적도 있었습니다. 소크라테스는 외모로 설명할 수 없는 또 다른 매력을 가진 사람이었습니다.

사람들은 저마다 자기 멋에 삽니다. 그러므로 누가 뭐라고 해도 자신감을 갖는 것이 필요합니다. 그런데 대부분의 사람들은 남을 모방하는 데만 신경을 씁니다. 자신만이 가진 매력을 충분히 발휘할 수 있는데 남의 매력을 흉내 내는 것이지요.

흉내만 내는 사람은 만족감을 얻을 수 없습니다. 뱁새는 뱁새대로 매력이 있고 황새는 역시 황새로 사는 게 멋진 것입니다. 남이 한다고 무조건 나도 하겠다는 식의 모방보다는 자기만의 독창적인 것을 만들고, 그것을 보여주는 것이 필요합니다.

철학자 코도르세는 이렇게 말합니다.

"네 자신의 생활을 다른 사람의 그것과 비교하지 말고 너의 삶 그 자체를 즐기라."

나의 삶은 그것이 어떤 것이든지 타인의 것과 비교할 수 없는 세상의 유일한 것입니다. 당신의 매력도 마찬가지겠지요. 누구에게서도 당신이 가진 매력은 발견할 수 없습니다. 그것은 오직 당신만이 가지고 있는 것입니다. 그것을 자신 있게 보여준다면 모두가 그것을 흉내 내고 싶어 할 것입니다.

매력 있는 사람이 되는 법

성실함

심리학자 앤더슨의 형용사 분석 결과를 보면 사람들이 공감하는 가장 높은 가치는 '성실하다'와 관련된 단어들입니다. 사람들은 성실한 사람에게 특히 매력을 느끼기 마련입니다.

전문성

자기 분야에서 최선을 다하고 자기 분야에서 본분을 다하는 전문가들에게 사람들은 경의를 표하고 매력을 느낀답니다.

다정함

사람들은 다정함을 느낄 때 그 사람에게 호감을 갖습니다. 첫 인상뿐 아니라 이후의 대인관계에서도 이 점은 중요합니다.

신체적 매력

사람들은 일반적으로 신체적으로 매력 있는 사람과 같이 있으면 자신의 가치도 덩달아 올라갈 것이라는 후광효과를 믿습니다. 하지만 성형수술 같은 인위적인 매력보다 자신에게 어울리는 화장, 머리스타일, 옷맵시, 미소를 개발함으로써 자연스러운 매력을 유지하는 것이 더욱 사람들을 사로잡을 수 있음을 기억하세요.

∞ 매력적인 사람은 어떤 특징을 가지고 있었습니까? 성령의 9가지 열매 가운데 당신에게 있는 것은 무엇입니까?

∞ 매력 남녀를 정리해 봅시다.

매력남녀를 위한 제안

1. 은혜로운 남자가 되라.
2. 경건한 남자가 되라.　　3. 베푸는 남자가 되라.

1. 순종적인 여자가 되라.
2. 지혜로운 여자가 되라.　　3. 인내하는 여자가 되라.

4장

사랑 비타민

"우리 헤어지자."

"내가 잘할 게."

"헤어져."

"너, 나 사랑하니?

어떻게 사랑이 변하니?… 헤어지자."

-영화 「봄날은 간다」 중에서-

고슴도치의 사랑

연인 고슴도치 두 마리가 싸움을 하고 있었습니다.

"먹보." "못난이." "마마보이." "왈패."

말로만 하던 싸움이 점점 강도가 거세지더니 급기야 주먹으로 서로의 얼굴을 가격하기에 이르렀습니다. 이제 이 두 고슴도치가 친해지기는 물 건너 간 것 같았습니다.

그런데 갑자기 번개가 치면서 주위의 모든 것을 조용하게 만들었습니다. 연인 고슴도치들도 싸움을 멈추었습니다. 그리고 두 눈을 동그랗게 뜨고 하늘을 보고 있는데 천둥번개와 함께 비바람이 몰아치기 시작했습니다.

엄청난 굉음의 천둥이 울리자 고슴도치들은 엉겁결에 서로를 껴안았습니다. 그런데 이번에는 고슴도치의 가시가 문제였습니다. 서로의 날카로운 가시가 몸을 찔러 견딜 수가 없었습니다.

"야, 가시로 좀 찌르지 좀 마." "흥, 너나 잘하세요."

다시 말싸움을 시작한 고슴도치들에게 하늘은 더 많은 번개를 보냈습니다. 고슴도치들은 뭔가 좋은 방법을 찾아야만 했습니다. 이때 고슴도치들은 예전에 서로가 서로를 사랑했을 때 사용했던 방법을 생각해 내었습니다. 그것은 서로의 가시가 엇갈리도록 하여 껴안고 함께 체온을 나누는 것이었습니다.

너무 힘주어 안지도, 그렇다고 멀리 떨어지지도 않는 것입니다. 고슴도치들은 그 밤에 다시 그들에게 있는 사랑을 회복했습니다. 그리고 앞으로도 그렇게 서로를 사랑하기로 다짐했습니다.

사랑의 유통 기간

많은 남녀가 사랑을 하고 또 이별을 합니다.
사랑이 주는 기쁨만큼
이별이 주는 아픔도 감당할 수 없을 만큼 크게 다가옵니다.
실연의 상처에 눈물짓고 고통스러워하며,
그 아픔에서 헤어 나오지 못하는 이들을
주위에서 어렵지 않게 찾아볼 수 있습니다.
사랑에는 정말 유통 기간이라는 것이 존재하는 걸까요?
그토록 뜨거웠던 연인들이,
언제 그랬느냐는 듯이 냉담하게 뒤돌아서는 이유는
혹시 서로가 모르는 어떤 오해 때문은 아닐까요?
'사랑 비타민'을 통해
연애를 하면서 찾아올 수 있는 위기에 대해 생각해보고,
그것을 어떻게 예방하고 극복하여
두 사람의 사랑을 굳건히 다질 수 있을지를 살펴봅시다.

Start!

∞ 비타민을 투여하세요. 사랑은 가꾸어 가는 것입니다.

1. 사랑의 관계를 위태롭게 하는 것은 어떤 것들이 있을까요?

2. 사랑을 지키기 위해 할 수 있는 일들은 어떤 것들이 있을까요?

Tip

"사랑의 출발은 쉬워도 완성은 어렵습니다. 성숙한 사랑을 위해서는 사랑의 지혜를 배워야 하고 실천해야 합니다. 난초를 키우는 것과 같은 정성스런 마음을 가져야 합니다. 사랑은 가꿀수록 아름답습니다. 사랑은 가꾸는 지혜를 배워 아름다운 사랑의 예술가가 되는 것이 우리를 향한 하나님의 뜻입니다."

-강준민의 「나의 사랑 나의 어여쁜 자야」 중에서-

∞ 이별을 결정하기에 앞서 상대방에게 최선을 다했는지, 그 위기는 결코 극복할 수 없는 것인지를 한 번 생각해볼 필요가 있지 않을까요? 만약 당신이 관계의 위기를 겪게 된다면 어떻게 처리하겠습니까? 과거의 경험을 나눠도 좋습니다.

벧전 4:8

"무엇보다도 열심히 서로 사랑할지니 사랑은 허다한 죄를 덮느니라"

요일 4:18~19

"사랑 안에 두려움이 없고 온전한 사랑이 두려움을 내어 쫓나니 두려움에는 형벌이 있음이라 두려워하는 자는 사랑 안에서 온전히 이루지 못하였느니라 우리가 사랑함은 그가 먼저 우리를 사랑하셨음이라"

Project

∞ 신중하게 생각하고 시작하라

1. 당신은 교제를 시작하기 위해 어떤 특별한 기준을 마련하고 있습니까? 혹시 'Feel'이 꽂이는 대로 끌려가는 것은 아닌가요? 당신이 생각하는 파트너 선택 기준을 한 번 솔직하게 적어봅시다.

   나는 솔직히 이런 파트너를 만나고 싶다.

   -
   -
   -

2. 만약 당신의 자녀에게 결혼상대를 소개해 주고 싶다면 당신의 기준은 어떨까요? 그리고 그것이 위의 선택과 어떻게 다른가요?

   나는 반드시 이런 파트너를 소개시켜 주고 싶다.

   -
   -
   -

3. 당신은 사랑을 좀 더 주는 쪽입니까, 받는 쪽입니까?

4. 마태복음 7장 12절에서는 뭐라고 말씀하고 있습니까?

마 7:12

"그러므로 무엇이든지 남에게 대접을 받고자 하는 대로 너희도 남을 대접하라"

5. 요한일서 3장 16절에서는 우리에게 어떻게 사랑하라고 말씀하고 있습니까?

요일 3:16

"그가 우리를 위하여 목숨을 버리셨으니 우리가 이로써 사랑을 알고 우리도 형제들을 위하여 목숨을 버리는 것이 마땅하니라"

6. 최선을 다해 사랑하기 위한 다짐들을 한 번 적어봅시다.
   (예 : 거짓말 하지 않기)

   •

   •

   •

∞ 사랑을 믿어줘라

7. 고린도전서 13장 7절에는 사랑을 어떻게 말하고 있습니까?

고전 13:7

"모든 것을 참으며 모든 것을 믿으며 모든 것을 바라며 모든 것을 견디느니라"

8. 모든 것을 믿는다는 말은 무슨 의미입니까?

Tip

모든 것을 믿는다는 것은 맹목적인 믿음을 말하는 것이 아니라 어머니의 사랑처럼 속는 줄 알면서도 기대감을 가지고 궁극적인 신뢰의 자세를 포기하지 않는 것입니다.

어린왕자가 여우에게 말했습니다.

"내려와서 나랑 같이 놀자."

"난 지금 너무 슬퍼. 난 너와 같이 놀 수 없어. 아직 길들여지지 않았거든."

"길들여진다는 게 뭘까?"

"그 말은 서로 익숙해진다는 말이지. 아직까지 너는 나에게 수만 명의 어린 소년들과 아무 차이도 없는 그냥 어린 소년에 불과해. 난 너를 필요로 하지 않고, 너는 나를 필요로 하지 않아.

나도 너에게는 수만 마리의 여우들과 전혀 다를 바 없는 한 마리의 여우일 뿐이지. 그렇지만 네가 나를 길들이면 우리는 서로를 필요로 하게 될 거야. 너는 나한테, 나는 너한테 세상에서 유일한 친구가 되는 거지.

일단 내게서 조금 떨어진 풀밭으로 가서 앉아. 나는 너를 곁눈질로 몰래 훔쳐 볼 거야. 넌 아무 말도 하지마. 말이란 오해의 원인이 되거든. 그런 다음 넌 날마다 내게로 조금씩 다가오는 거야. 언제나 같은 시각에 찾아와 주면 좋겠어.

네가 만일 아무 때나 불쑥불쑥 나타난다면 내가 언제부터 너를 맞을 준비를 해야 하는지 전혀 알 수가 없잖아. 또 곱게 마음을 단장하고 널 기다리는 행복감을 맛볼 수도 없어."

"나를 당신에게 가까이 다가가게 한 것은 내 믿음이나 신념이 아닙니다. 내 모습 그대로 긍정해 주는 당신의 모습은 나로 하여금 스스로를 관대하게 대하도록 했습니다."

-생텍쥐페리의 「어느 인질에게 보낸 편지」 중에서-

　혹시 남자가 사랑을 자주 표현하지 않고, 자신을 사랑하고 있지 않는 것 같다고 느끼더라도 자신을 사랑하고 있다고 믿어줄 필요가 있습니다.

　남자는 표현에 약한데 그 이유는 남자는 의심 많고, 경쟁적이고, 절제적이고, 또 수비적인 존재로 태어났으며, 자신의 감정을 숨기기 위해 혼자서 일처리 하기를 좋아하기 때문입니다. 그리고 남자는 감정을 내보이는 것이 허약함의 표시라고 생각합니다. 뿐만 아니라 사회적 관습이 "남자처럼 행동하라", "용감하게 대처하라", "남자는 울지 않는다" 등을 가르침으로써 남자들의 이런 태도를 더욱 강화했습니다. 남자는 사랑하고 있음에도 여자가 딱 원하는 말을 하는 것을 쑥스러워 하기도 합니다.

　또한 남자기 "사랑해"라고 말하지 않는 이유는 사랑이 무엇인지 모르고 또 욕정을 사랑으로 혼동하기 쉬운 경향이 있기 때문입니다. 남녀관계가 시작된 지 몇 년이 지나서야 비로소 남자는 자신이 사랑에 빠졌다는 것을 압니다. 그리고 많은 남자들이 장기적인 약속(결혼)을 두려워하는 이유는 '사랑'이라는 단어가 자신을 평생 구속할 것을 두려워하고, 슈퍼모델 같은 여자를 만날 기회를 박탈당하는 것이 아닌가하는 '속물적인 근심' 때문입니다. 이게 바로 남자입니다.

　그리고 남자는 원래 사랑을 얻기 전까지는 여자에게 목숨을 바칠 것 같으면서도 정작 교제에 성공하게 되면, 다시금 다른 mission(일, 성공)에 도전하고자 하는 성향이 있습니다. 그것은 여자를 사랑하지 않기 때문이 아닙니다.

　자신이 사랑을 느끼지 못할 뿐 남자는 여전히 사랑하고 있는지도 모릅니다. 차라리 이 남자가 나를 사랑하고 있다고 믿어주는 것이 건강한 관계를 위해서 유익합니다.

∞ 이 만남을 통해 당신은 무엇을 배웠습니까? 당신은 사랑을 지키기 위해 어떤 노력을 할 계획입니까? 자유롭게 의견을 나눠본 후 하나님 앞에서 아름다운 사랑의 완성을 위해 어떤 것들이 필요할지 진지하게 한 번 생각해 봅시다.

∞ 사랑 비타민을 다시 한 번 정리해 볼까요?

사랑 비타민

1. 교제를 신중히 시작하라.
2. 먼저 사랑하고, 더 많이 사랑하라.
3. 사랑을 믿어줘라.

5장

혼전순결

성교는 사랑의 테스트가 아니다.
사람들은 시험해보기를 원하지만
그것으로 시험하면 사랑은 파괴될 뿐이다.
당신이 그것을 시험해 본다면
당신은 사랑하지 않는 것이다.
만일 당신이 사랑한다면
절대 그것으로 사랑을 시험하지 않을 것이다.

-월터 트로비쉬의 「나는 너와 결혼하였다」 중에서-

원앙의 사랑학

오리들이 사는 호수에도 여름이 왔습니다. 여름은 오리들에게 있어서 낭만의 계절이기도 하지만 더러는 예기치 않은 후유증을 남기기도 합니다. 그것은 젊은 오리들의 성문제가 어느 때보다도 강하게 드러나는 계절이기 때문입니다.

어른 오리들이 모여서 의논한 끝에 원앙을 초청해서 사랑에 대한 강의를 듣기로 했습니다. 원앙은 먼저 사랑에 실패한 젊은 오리의 경험담을 듣고자 했습니다. 그러자 한 처녀 오리가 나와서 말했습니다.

"작년 여름입니다. 사랑하는 총각 오리와 함께 휴가를 떠났습니다. 첫날은 정말 즐거웠습니다. 함께 푸른 물을 가르며 수영을 하였습니다. 따로따로 둥지를 틀고 아름다운 꿈을 꾸며 잠들었습니다. 그런데 다음날 저녁, 소나기가 내리자 무섭지 않느냐며 그가 나의 둥지로 건너왔습니다. 나는 원하지 않았는데 그가 강하게 함께 하기를 원했습니다. 내가 허락하고 나자 그는 다음날, 나를 떠났습니다. 나는 사랑의 시작으로 생각하였는데 그는 사랑의 끝으로 마무리하더군요."

원앙이 입을 열었습니다.

"젊은 만남은 끊임없는 갈구를 가져옵니다. 그리고 함께 보면 모든 것이 아름답습니다. 그래서 사랑을 즐거운 것만으로 생각하기 쉽습니다.

그러나 사랑은 갈구인 동시에 인내이며, 아름다움인 동시에 슬픔이기도 하며, 즐거움인 동시에 고통이기도 합니다.

그래서 우리는 절대 어떠한 경우이건 혼전에는 둥지를 함께 쓰지 않습니다. 함께 한 둥지 속에 있으면 유혹을 떨쳐 버린다는 것이 불가능하기 때문입니다. 그리고 우리는 몸에 대한 관심을 잠시 거두고 영혼에 대해서 대화합니다. 성의 유희보다도 하늘의 별과 풀잎의 흔들림과 풀벌레들의 노래를 함께 듣는 걸 더 즐거워합니다."

이때 한 오리가 일어나서 질문하였습니다.

"그러다가 상대가 변하면 어떡합니까? 우리는 변하지 않는 증거로 몸을 요구하기도 합니다."

원앙이 미소를 띠며 대답했습니다.

"사랑은 믿음과 신뢰입니다. 못미더운 사랑은 믿음과 신뢰가 다져질 때까지 더욱 키워가는 것이 중요합니다. 그 시점에서의 성행위는 더 자랄 수 있는 풋사과를 따버리는 것입니다."

원앙은 이렇게 말을 맺었습니다.

"물의 힘을 전기로 바꾸는 댐처럼 자제는 성욕의 힘을 진정한 사랑으로 변화시킨다는 것을 알아주시기 바랍니다. 이런 사랑이야말로 가실 줄을 모르는 사랑입니다. 즐겁되 후회 없는 여름휴가가 되기를 빕니다."

사랑하면 한다?

　젊은 남녀가 교제를 할 때 가장 큰 유혹은 바로 '혼전 성관계'가 아닐까 생각합니다. 실제적으로 많은 남녀가 그 유혹을 이기지 못하고 선을 넘습니다. 그 결과로 원하지 않는 임신, 신비감의 상실 등의 씻을 수 없는 상처를 남기고 후회하는 젊은이들이 넘쳐나고 있습니다.

　최근에는 점점 성에 대하여 관대해지고 있고, 그에 따른 성적 유혹의 정도가 점점 강해지고 있습니다. 매스컴은 프리섹스를 조장하며, 그것을 로맨스로 포장하고 있습니다. 이메일에는 '오빠 나 한가해요'라는 제목의 불법 메일이 가득하고, 길거리에는 벗은 여자의 사진이 어지럽게 널려있는 게 요즘 세상입니다. 너무 쉽게 성적인 유혹에 노출되어 있습니다. 이러한 시대에 우리 크리스천들은 어떻게 해야 할까요?

　'혼전순결'을 통해 혼전 성관계가 초래할 결과들에 대해서 구체적으로 생각해보고, 그 유혹들을 이길 수 있는 방안들을 함께 간구해 봅시다.

∞ 혼전 성관계, 그 참을 수 없는 유혹 이기기!

1. 2006년 조사에 의하면 혼전 성관계가 가능하다는 응답이 85.4%에 달하고 있습니다. 이는 4년 전보다 12%가 올라간 수치입니다. 이것에 대해 어떻게 생각합니까?

2. 육체적 관계없이도 사랑은 유지 가능할까요?

3. 결혼 전에 성관계를 맺었을 때 어떤 일들이 발생할까요?

4. 사랑의 확인을 위해 '혼전 성관계'를 가져도 될까요? 또는 결혼을 전제한다면 괜찮지 않을까요?

∞ 혼전 성관계를 맺음으로써 원치 않는 아이를 임신하게 되었을 때 생길 수 있는 문제들과 아픔들에 대해서 생각해 봅시다.

잠 9:16~18

"무릇 어리석은 자는 이리로 돌이키라 또 지혜 없는 자에게 이르기를 도적질한 물이 달고 몰래 먹는 떡이 맛이 있다 하는 도다 오직 그 어리석은 자는 죽은 자가 그의 곳에 있는 것과 그의 객들이 음부 깊은 곳에 있는 것을 알지 못하느니라"

Project

∞ 기도하고 피하라

1. 성관계는 그 유혹이 강렬하기에 우리 힘으로는 이기기 힘들 것입니다. 그래서 가장 먼저 해야 할 것은 무엇이라고 생각합니까?

마 6:13

"우리를 시험에 들게 하지 마옵시고"

2. 이런 일이 일어날 가능성을 처음부터 차단하는 것은 어떨까요? 사건이 터질 수 있는 환경(장소, 시간, 복장 등)에 대해서 한 번 생각해 봅시다.

∞ 여자는 지혜롭게 거절하라

3. 성관계가 이루어지는 것은 양자 간의 합의가 있기 때문일 겁니다. 남자의 요구에 지혜롭게 거절하는 방법은 어떤 것들이 있을까요?

4. 고린도전서 13장 4~5절에 나와 있는 사랑의 의미에 대해 묵상해 봅시다. 어떤 의미입니까?

고전 13:4~5

"사랑은 오래 참고 … 무례히 행치 아니하며, 자기의 유익을 구치 아니하며"

5. 그러면 이미 혼전 순결을 잃은 사람은 어떻게 합니까? 용서받을 수 없는 죄인인가요?

Tip

하나님의 용서와 자비를 확인하는 말씀들

"내가 너를 속량하였으니 두려워하지 말라. 내가 너를 지명하여 불렀으니 너는 나의 것이다."(사 43:1)
"너희의 죄가 주홍빛과 같다 하여도 눈과 같이 희어질 것이며, 진홍빛과 같이 붉어도 양털과 같이 희리라."(사 1:18)
"기운을 내라. 아들아, 네 죄가 용서함을 받았다."(마 9:2)
"가서, 이제부터 다시는 죄를 짓지 말라."(요 8:11)
"죄를 짓는 사람은 다 죄의 종이다."(요 8:34)

남자가 더 밝히는 이유가 있습니다. 남성은 정액 생산과 기타 요인들로 인해 천성적으로 매 48~72시간 단위로 성적 해소를 원한다고 합니다.

섹스 중추는 뇌의 일부분인 시상하부에 있는데, 이곳은 특히 테스토스테론 호르몬이 성욕을 자극하는 부위이며, 남자의 시상하부가 여자의 것보다 크고 또 남자가 여자보다 10~20배 많은 테스토스테론을 분비한다고 합니다. 이것이 바로 남자가 성욕이 강력한 이유이며, 이것 때문에 남자는 장소와 시간 불문하고 섹스를 할 수 있습니다. 그리고 그것은 강도가 약해질 뿐 죽을 때까지 없어지지 않습니다.

사랑의 감정에서도 차이가 있습니다. 남자는 섹스를 통해 사랑을 느끼고, 여자는 만지고 대화하면서 친밀감을 얻습니다. 그래서 남자는 100번의 대화시간을 갖는 것보다 한 번의 섹스를 통해 사랑을 느끼려는 본능이 있습니다. 뿐만 아니라 남자들은 여러 세대에 걸쳐 "자신의 씨를 뿌려야 한다"는 사회적 요구를 받아왔으며, 이러한 사회적 통념은 남자의 성적 행위를 정당화시키는 효과를 낳았습니다. 반면 여자들은 성적으로 적극적 태도를 보여서는 안 된다는 사회적 억압을 받아왔던 것이 사실입니다.

그래서 최근 페미니즘 운동가들은 적극적으로 여자가 성을 추구해야 한다는 주장을 하기도 합니다. 성충동의 최고조가 되는 때가 다를 뿐(남자 19세, 여자 36~38세) 여자도 똑같이 성욕이 존재하고 있는데 그 성욕을 해소하는 것이 사회적 억압으로 규제되어서는 안 된다는 논리를 폅니다.

하지만 정말로 여자로서 자신의 존재를 아끼고 사랑한다면 욕구 해소가 목적이 되어서는 안 됩니다. 자신의 아름다운 인생을 위하여 자신의 성을 잘 다스리고 가꾸는 것이 필요합니다.

만족은 짧고, 후회는 긴 혼전 성관계

범죄함

결혼관계 밖에서의 섹스는 죄입니다. 절제되지 못한 성욕은 정욕이라는 이름의 죄가 됩니다. 서로의 삶을 연합시키고자 하는 의도가 없는 '육체적 연합' 행위이므로 옳지 못합니다.

관계 파괴

육체관계를 너무 서두르면 도리어 그 관계가 깨질 수 있습니다. 혼전 성관계를 맺은 후에는 서로를 소중히 여기지 않을 가능성이 큽니다. 남자는 '그때' 에는 자신의 순간적 반족을 위해 사랑한다고 말할지 몰라도, 대부분의 남자는 자신의 몸을 함부로 굴리는 여자를 천박스럽게 여깁니다. 그리고 여성들은 '육체적 접촉'을 시도할 때 자신의 몸만 탐한다는 불쾌한 느낌을 갖게 됩니다.

판단력 상실

결혼 전에 해결해야 할 문제를 볼 수 없습니다. 결혼 전 크고 작은 문제들을 미리 해결하는 것은 중요합니다. 하지만 일단 성적 사랑에 눈뜨게 되면, 그 사람이 하나님이 정해주신 올바른 배우자인지 아닌지를 객관적으로 판단하는 눈이 흐려집니다.

책임감 상실

혹시라도 원치 않는 임신을 하게 되면 어떻게 될까요? 남자는 과연 책임을 질까요? 혹시 예기치 못한 임신으로 낙태를 하게 된다면 여자는 육체적, 정신적으로 많은 상처를 입게 되고 남자는 책임감에 손상을 입습니다.

∞ 이 만남을 통해 당신은 무엇을 배웠습니까? 당신이 혼전순결에 대해 가지고 있었던 처음의 생각과 현재의 차이는 무엇인지 자유롭게 의견을 나눠봅시다.

∞ 혼전 성관계, 유혹 이기기에 대해 다시 한 번 적어볼까요?

혼전관계 유혹격파

1. 기도하고 피하라.
2. 여자는 지혜롭게 거절하라.
3. 남자는 절제하는 법을 배우라.

6장

웨딩 플랜

크리스천의 결혼은
그리스도 앞에서 선언한 두 사람의 공약이다.
그것에는 어떠한 후회도 있을 수 없다.
결혼은 상호 충성의 서약이고,
상호 복종의 합작관계이다.
크리스천의 결혼은 용액과 비슷해서
남자와 여자가 녹아서 그들 자신이 되고
하나님의 의도하심 대로 되는 것이다.

-H. 놀만라이트의 「풍성한 결혼생활」 중에서-

완벽한 상대

한 젊은이가 완벽한 결혼상대를 찾기 위해 온 세상을 돌아다녔습니다. 이 젊은이에게 불완전한 여성과의 결혼은 상상할 수도 없는 것이었습니다. 완벽한 여성을 만나 행복한 결혼생활을 하고 싶었습니다. 그러나 젊은이는 평생을 바쳐 완전한 여성을 찾아 봤지만 결국 발견하지 못하고 늙은 육신을 끌고 고향으로 돌아왔습니다. 그때 한 친구가 물었다.

"자네는 완벽한 배우자를 찾느라 평생을 허비했군. 그래 그동안 완벽한 여성을 한 번이라도 만나본 적이 있는가?"

그러자 이제는 노인이 되어버린 이 사람이 말했습니다.

"완벽한 여성을 딱 한 사람 만났다네. 그런데 그 여자도 완벽한 남편감을 찾고 있더군. 결국 우리는 아무 일도 없었다네."

우리 주변에는 완벽한 배우자를 찾으려는 젊은이들이 많이 있습니다. 이런 조건, 저런 조건에 부합되는 배우자를 찾기 위하여 결혼도 뒤로 미루고 시간을 보내고 있습니다. 하지만 그것은 거의 불가능에 가까운 일입니다.

좋은 결혼 상대자는 나의 부족함을 메워주는 사람이 아니라 나의 부족함을 인내로 기다려주며, 늘 격려하여 완전하도록 돕는 사람입니다. 그것이 돕는 배필입니다.

결혼 준비는 다 하셨습니까?

웨딩 플래너가 결혼을 준비하는 한 커플에게 물었습니다.
"결혼 준비는 다 하셨습니까?"
"네, 집은 마련했고요.
혼수도 하나씩 준비하고 있어요.
신혼여행은 몰디브로 4박 5일 계획하고 있습니다."

당신도 이렇게 대답할지 모릅니다. 그런데 집과 혼수만 준비되면 과연 결혼 준비가 다 끝난 것일까요? 물론 이런 것도 중요한 것은 사실입니다. 당장 부딪치는 현실이니까요.

하지만 정말 중요한 준비는 결혼의 참 의미를 아는 것에서 시작해야 하지 않을까요? 그리고 그것을 통해 평생 한 사람을 위해 헌신하겠다는 마음가짐을 갖는 것이 더 중요하지 않을까요?

크리스천의 결혼 준비는 뭔가 달라도 달라야 합니다. 그리고 이렇게 준비된 결혼은 하나님께서 보시기에도 참 아름다울 거라 생각합니다. 하나님이 허락해 주신 소중한 선물인 결혼을 아름답게 만들 결혼 준비 속으로 들어가 봅시다.

Start!

∞ 멋진 인생이라는 선물을 포장하는 첫걸음!

1. 당신이 생각하는 결혼이란 무엇입니까?

2. 키에르케고르는 이런 말을 남겼습니다.

> "결혼을 하라. 그리하면 너는 후회하리라. 결혼을 하지 말라. 그리하면 너는 역시 후회하리라. 결혼을 하든지 하지 않든지 어떻게 하든 그대는 후회하리라."

이 말이 정말일까요? 당신의 생각은 어떻습니까? 결혼은 꼭 해야 합니까?

Tip

> "아들아! 네가 결혼한 성인이 되었을 때, 지금은 네가 이해하지 못하는 많은 좋은 것들을 이해하게 될 것이다. 결혼은 많은 것을 배울 수 있는 경험할 가치가 있는 것이란다."
> —찰스 디킨스—

3. 결혼을 하게 될 때 당신이 생각하는 가장 중요하다고 생각하는 세 가
지를 적어 보십시오.

-

-

-

4. 성경은 우리에게 결혼을 요청하고 있습니다. 그리고 행복한 결혼을
권장하고 있습니다. 하나님이 결혼을 통해 우리에게 원하시는 것은
무엇입니까?

잠 5:18~19

"네 샘으로 복되게 하라 네가 젊어서 취한 아내를 즐거워하라 그는 사랑
스러운 암사슴 같고 아름다운 암노루 같으니 너는 그 품을 항상 족하게
여기며 그 사랑을 항상 연모하라"

∞ 정략결혼, 조건 때문에 하는 결혼 등 상대방에 대한 이해가 없는 상태의 결혼이 야기할 문제점에 대해서 이야기 해 봅시다.

잠 21:5

"부지런한 자의 경영은 풍부함에 이를 것이나 조급한 자는 궁핍함에 이를 따름이니라"

∞ 부모를 떠나라

1. 창세기 2장 24절에서 "떠난다"는 말씀의 의미는 무엇입니까? 그리고
   그 이유는 무엇 때문입니까?

창 2:24

"이러므로 남자가 부모를 떠나 그 아내와 연합하여 둘이 한 몸을 이룰지
로다"

2. 결혼 후 떠나지 않았을 때 새로운 가정 안에 생길 수 있는 문제점은
   무엇입니까?

∞ 한 사람과 연합하라

3. 창세기 2장 24절에서 "연합하다"는 말씀의 의미는 무엇입니까?

Tip

히브리어에서 '연합하다'는 말은 어떤 사람에게 '풀칠을 한 것처럼 붙다', '교착되다'라는 뜻을 내포하고 있습니다.

∞ 한 몸을 이루고 사랑하라

4. 창세기 2장 24절에서 "한 몸을 이룬다"는 말씀의 의미는 무엇입니까?

엡 5:31~33

"이러므로 사람이 부모를 떠나 그 아내와 합하여 그 둘이 한 육체가 될지니 이 비밀이 크도다 내가 그리스도와 교회에 대하여 말하노라 그러나 너희도 각각 자기의 아내 사랑하기를 자기 같이 하고 아내도 그 남편을 경외하라"

5. 부부가 "한 몸을 이루는 것"을 통해 하나님은 우리가 어떤 것을 알기 원하셨습니까? 하나님과 인간 사이에 이루어지는 '영적인 관계'의 측면에서 한 번 생각해보세요.

6. 정리해 봅시다. 하나님의 관점에서 볼 때 결혼의 중요한 세 가지 원칙은 무엇입니까?

  -

  -

  -

Win & Win 작전으로 갈등을 해결하라. 기선을 제압하거나 더 많은 것을 얻어내겠다는 생각은 서로를 힘들게 할 뿐이다.

- 서로의 차이를 연구하라. 서로는 완전히 다른 구조이다.

- 가족 전체를 위해 기도하라. 결혼 전에 배우자와 배우자의 가족을 위한 기도는 서로를 이해하는 기초가 된다.

- 눈에 보이지 않는 혼수를 준비하라. 결혼 후 행복한 가정을 만들기 위해 서로가 어떤 노력을 할 것인지를 계획하라

- 왕자병과 공주병에 걸려라. 서로를 존경해 주고, 귀빈으로 대접하라. 그것이 갈등을 해결하는 비결이다.

- 주변의 결혼과 자신의 경우를 비교하지 말라. 비교한다고 상황이 낳아지는 것은 아니다.

- 가지고 갈 것, 버리고 갈 것을 구분하라.

- 시댁과 친정, 본가와 처가는 같은 집이다. 남편의 본가는 아내의 본가이다. 누구도 자기 집이 무시당하기를 원치 않는다.

- 배우자의 가족문화를 이해하라. 눈을 크게 열라. 틀린 것이 다른 것으로 보인다.

- 갈등을 두려워 말라. 갈등은 가정의 면역체계를 높인다.

한께 살 수 있을 것 같은 사람과 결혼하지 말고, 그 사람 없이는 살 수 없을 것 같은 사람과 결혼하라.

- 당신이 감당할 수 없는 성격의 사람과 결혼하지 말라. 당신은 앞으로 그 사람을 변화시키려고 마음먹을 수도 있지만 당신이 기대했던 변화는 결코 일어나지 않을 것이다.

- 충동적으로 결혼하지 마라. 처음 데이트 하는 동안은 상대방에게 잘 보이기 위해 자신의 최상의 모습을 보여주려 노력한다.

- 믿지 않는 자와 '멍에'를 같이 하지 말라. 신앙은 결코 타협의 대상이 될 수 없다. 당신은 결혼을 결정함에 있어 이것을 최우선 판단요소로 삼아야 한다.

- 결혼 전에 동거하지 말라. 그것은 부도덕한 행위일 뿐만 아니라 하나님의 명령에 어긋나는 것이다.

- 너무 어린나이에 결혼하지 마라. 한 가정을 이루는 것은 자기 부정과 자기 통제, 안정성 같은 성숙함을 요하는 것이다.

- 안정된 결혼생활은 '성공적인 결혼생활'을 다짐하고 노력하는 결혼 당사자 두 사람의 헌신의 결과이다. 만일 당신이 결혼하기로 했다면 평생 동안 서로를 사랑하고 위해 주기로 한 서약과 함께 그에 따른 책임을 다해야 한다.

– 제임스 돕슨의 「벼랑 끝에 선 인생」 중에서–

∞ 이 만남을 통해 무엇을 배웠습니까? 당신이 결혼의 의미에 대해 새롭게 알게 된 사실은 무엇이었습니까? 자유롭게 의견을 나눠본 후 하나님 보시기에 아름다운 결혼을 위해 어떤 것을 준비해야 할 것인지 진지하게 한 번 생각해 봅시다.

∞ 웨딩 플랜을 정리해 봅시다.

웨딩 플랜

1. 부모를 떠나라.   2. 한 사람과 연합하라.
3. 한 몸을 이루고 사랑하라.

7장

행복한 결혼

가장
가까운 사람들 간에도
무수한 차이점이 있다는 것을
깨닫는다면
황홀한 삶이 전개될 것이다.
만일
상호 간의 차이를 사랑할 수만 있다면
당신은 상대방의 전부를
바라볼 수 있을 것이다.

-R. M. 릴케-

지피지기 백전백승

워싱턴대학교의 존 고트맨 교수는 대수롭지 않은 갈등이라도 지속되면 결국 파국을 만든다고 말하며, 남녀의 차이를 아는 것이 관계 지속성에 중요한 요인이라고 지적합니다.

아래에 언급된 남녀의 차이를 살펴보십시오. 그리고 공감하기 바랍니다.

· 여자가 심리학의 원서라면 남자는 서툰 번역자이다.
· 여자의 사랑은 점층환상형이고, 남자의 사랑은 반복충동형이다.
· 여자는 모를수록 좋은 일을 너무 많이 알고 남자는 꼭 알아두어야 할일을 너무 모른다.
· 여자는 본능적으로 남자를 알고 남자는 경험으로 여자를 안다.
· 여자는 과거에 의지해서 살고 남자는 미래에 이끌려 산다.
· 여자는 현미경으로, 남자는 망원경으로 바라보아야 알 수 있다.
· 여자는 용서하고 남자는 포용한다.
· 여자는 무드에, 남자는 누드에 약하다.
· 여자는 마음에 떠오른 말을 하고 남자는 마음먹은 말을 한다.
· 여자는 사랑의 질을 기대하지만 남자는 사랑의 양을 자랑한다.
· 여자는 알아도 모른 척 하고 남자는 몰라도 아는 척 한다.
· 여자는 모성으로 수용하고, 남자는 유아성으로 망각한다.

들어가기

결혼은 현실

일생에서 가장 아름답고 행복한 순간은 어느 때 일까요? 아마 가장 기대되고 설레는 때는 결혼식일 겁니다. 한 남자와 한 여자가 만나서 사랑에 빠진 후 드디어 많은 사람들 앞에서 서로를 평생의 반려자로 맞아들이는 순간이 가장 짜릿한 것 같습니다. 그리고 모든 커플들은 그때의 달콤함이 언제까지나 지속되기를 바라고 또 그렇게 될 것을 믿고 싶어 합니다. 하지만 그 꿈은 얼마 안 되어 깨진다는 것을 발견할 것입니다. 왜냐하면 결혼은 현실이기 때문입니다.

남녀 간에는 수많은 차이가 존재합니다. 성적인 차이는 물론이고, 서로가 자라 온 환경이 다르기 때문에 많이 다를 수밖에 없습니다. 그리고 그 차이만큼이나 많은 갈등들이 발생합니다. 물론 그 차이들은 과거에도 존재하는 것들이었습니다. 다만 서로의 눈에 '콩깍지'가 씌워졌었기 때문에 보이지 않았을 뿐이고, 결혼생활이 현실로 다가오면서 점점 그것들이 크게 보이게 되는 것뿐입니다.

그러면 어떻게 하면 서로의 차이를 극복하고 하나님 안에서 행복한 가정을 이뤄나갈 수 있을까요? 어떻게 해야 상처받지 않고 지혜롭게 이 상황을 이겨나갈 수 있을까요? 이번 만남을 통해 이 문제를 진지하게 생각해보고 긍정적인 해답을 함께 찾아보도록 합시다.

Start!

∞ 차이를 극복하고 행복한 결혼생활을 누리기 위하여 주님의 명령에 주목해 봅시다.

1. 베드로전서 3장 7절에서는 남편들을 향해 무엇을 명령하셨습니까?

___________을 따라 동거하고   저는 더 _______________이요
___________를 유업으로 받을 자로 알아 귀히 여기라.

벧전 3:7

"남편 된 자들아 이와 같이 지식을 따라 너희 아내와 동거하고 저는 더 연약한 그릇이요 또 생명의 은혜를 유업으로 함께 받을 자로 알아 귀히 여기라 이는 너희 기도가 막히지 아니하게 하려 함이라"

2. 그 이유는 무엇 때문이라고 말씀하고 있나요?

3. 지식을 따라 동거하라는 말의 의미는 무엇일까요?

지식을 따라 동거하라는 의미는 하나님께서 결혼을 제정하신 원 목적에 대한 종교적 지혜(6과 참고)를 깨닫고 아내를 맞아야 한다는 의미입니다. 또한 그것은 여자의 독특한 특성을 잘 알고, 그러한 아내의 요구를 잘 들어주어야 한다는 의미이기도 합니다.

4. 당신은 남녀의 차이에 관해 얼마나 알고 있나요? 남자와 여자들이 필요로 하는 생각하는 것을 세 가지씩 적어보고 서로 비교해봅시다.

-

-

-

∞ 행복한 가정을 이루기 위해서 아내 또는 남편이 되었을 때 할 수 있는
  일을 적어봅시다.

엡 5:33

"그러나 너희도 각각 자기의 아내 사랑하기를 자기 같이 하고 아내도 그
남편을 경외하라"

Project

∞ 서로의 차이를 인정하라

1. 베드로전서 3장 7절에서는 여자를 어떤 식으로 묘사했나요?

벧전 3:7

"남편 된 자들아 이와 같이 지식을 따라 너희 아내와 동거하고 저는 더 연약한 그릇이요 또 생명의 은혜를 유업으로 함께 받을 자로 알아 귀히 여기라 이는 너희 기도가 막히지 아니하게 하려 함이라"

2. 여성의 특성을 한 번 적어봅시다.

Tip

여자는 연약한 그릇입니다. 그래서 조그만 일에도 상처받기 쉬우므로 항상 온유하게 대해야 할 것이며, 여자는 보호받아야 할 존재임을 인식하세요.

3. 창세기 34장 25절에 나타난 남자들(레위, 시므온)은 어떻게 묘사되어 있나요?

창 34:25

"제 삼일에 미쳐 그들이 고통할 때에 야곱의 두 아들 디나의 오라비 시므온과 레위가 각기 칼을 가지고 가서 부지중에 성을 엄습하여 그 모든 남자를 죽이고"

4. 남자들의 특성을 한 번 적어봅시다.

Tip

남녀 간에는 수많은 성적 특성 외에 서로가 자라온 환경에 따라 많은 차이를 가지고 있습니다. 서로를 이해하고 행복한 가정을 이루기 위해서는 그것을 먼저 인정하는 것이 필요합니다. 아래의 도서목록은 남녀의 차이를 쉽게 알게 합니다.

· 「화성에서 온 남자 금성에서 온 여자」
· 「말을 듣지 않는 남자, 지도를 읽지 못하는 여자」
· 「남자를 토라지게 하는 말, 여자를 화나게 하는 말」

5. 자신이 좋아하는 것(행동)과 싫어하는 것(행동)은 무엇입니까? 정확하게 표현해야 상대방이 알 수 있습니다.

- 좋아하는 것(행동)

- 싫어하는 것(행동)

6. 신명기 6장 4절에서 이스라엘 백성들에게 명령하신 것은 무엇입니까?

신 6:4

"이스라엘아 들으라 우리 하나님 여호와는 오직 하나인 여호와시니"

7. 그 이유는 무엇입니까? 그리고 이것을 남편과 아내 사이에도 적용시켜보십시오. 배우자는 내게 몇 번째 순위가 되어야 합니까?

8. 당신은 다른 사람의 말을 잘 듣는 편입니까? 올바른 청취 태도는 어떤 것들이 있을까요? 한 번 적어봅시다.

듣는 기술을 개발시키는 방법

1. 배우자와 말을 할 때는 그에게 시선을 고정시켜라.
2. 배우자의 말을 들으면서 다른 일을 하지 말라.
3. 상대방의 감정에 주의를 기울여라.
4. 몸짓으로 표현하는 것을 주의 깊게 보도록 하라.
5. 상대방의 이야기를 가로막지 마라.

- 게리 채프먼의 「사랑의 5가지 언어」 중에서-

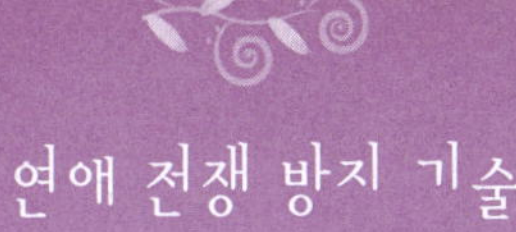

연애 전쟁 방지 기술

남자에게

여자의 모든 불평을 공격으로 받아들이지 말라.

여자의 감정에 관심을 기울이라.

즉각적인 해결책을 제시하는 것을 자제하라.

여자가 원하는 것은 자기감정을 이해 받는 것이다.

적극적으로 이야기를 들어주라.

여자에게

남자에 대한 분노와 불평의 목소리를 낮춰라.

모욕으로 들리지 않도록, 짧고 구체적으로 불평을 말하라.

논쟁 중 남자가 자신의 요구를 들어주지 않는다고 느껴지면

그의 사려 깊었던 행동을 떠올려 보라.

상대에 대한 애정이란 큰 맥락에서 불평을 표현하라.

양쪽 모두에게

자신을 가라앉히는 방법을 익히라.

그래야 감정이 고조됐을 때도 정확히 판단할 수 있다.

논쟁이 지나치게 뜨거워지면 20분 동안 쉬어라.

낙관적으로 상대를 보라.

상대에 대한 부정적 고정관념은 대화를 봉쇄한다.

대화의 본질을 파악하라.

즉각적인 반박은 참으라.

상대의 부정적인 감정은 자신에게 주목해달라는 호소다.

자신의 잘못을 인정하라.

상대에게 감사를 표현하라.

-존 고트맨의 「보고서」 중에서-

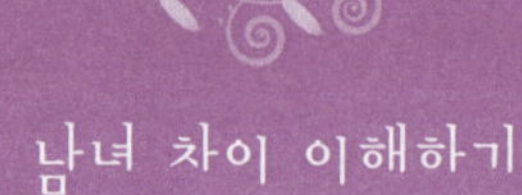

여자가 새 옷을 입고서 남자에게 물어봅니다.
"나 어때요?"

그러면 대부분의 남자는 이렇게 말하죠.
"좋구먼, 새 옷이네"

남자들 대부분은 퉁명스럽게 한마디 하고는 그만입니다.
이렇게 대답해서는 여자에게 좋은 점수를 얻기는 틀린 일이죠.
좋은 점수를 따려면 무엇보다도 여자들이 반응하는 방식 그대로 반응해야 합니다.
바꾸어 말하면 구체적으로 대답해 주어야 합니다.
가령 이렇게 대답하는 것입니다.

"와우! 정말 멋진 선택이야!
한번 빙 돌아봐. 당신 등을 한번 보자고.
그 색깔, 정말 당신에게 잘 어울리는데. 끝내줘!
재단도 당신의 몸매를 한결 돋보이게 하구 말이야.
더욱이 그 귀고리는 정말 그 옷과 잘 어울리는 군. 정말 매력적이야."

이런 대꾸에 황홀해하지 않는 여자는 없을 것입니다.

　　　－엘런 피즈의 「말을 듣지 않는 남자, 지도를 읽지 못하는 여자」 중에서－

∞ 행복한 결혼에 대하여 배우면서 당신은 무엇을 배웠습니까? '서로를 이해하기 위해' 어떤 것을 할 수 있을지를 한 번 생각해 봅시다.

∞ 행복한 결혼을 위한 행복캔디를 다시 한 번 정리해 볼까요?

행복 캔디

1. 서로의 차이를 인정하라.
2. 표현하라.　　3. 경청하라.

single Focus

이 세상을 살아가는데

가장 중요한 것은

솔직한 육체와 정신을 가지고서

완전히

그리

맹목적으로

당신의 아내를 사랑하는 것입니다.

–D. H. 로렌스의 「서한집」 중에서–

사랑의 앙상블을 위한 열 가지 악기

　부부가 사랑의 앙상블을 연주하며, 행복하게 살기 위해서는 몇 가지 원칙이 필요합니다.

　첫째, 주고 또 주고 양보하되 상처는 간직하지 않는 것입니다.
　둘째, 자녀보다는 부부 간의 관계를 중요하게 생각하는 것입니다.
　셋째, 하나님을 향한 믿음을 잃지 않는 것입니다.
　넷째, 재정적 어려움을 겪지 않도록 열심히 노력해야 합니다.
　다섯째, 인척과의 관계 개선을 위한 구체적인 행동을 해야 합니다.
　여섯째, 서로가 비밀을 가지고 있어서는 안 됩니다.
　일곱째, 서로가 서로에게 필요한 존재임을 알아야 합니다.
　여덟째, 상대가 좋아하는 것을 좋아해야 합니다.
　아홉째, 항상 적극적이고 긍정적인 말을 사용하는 것입니다.
　열번째, 침실을 즐기는 것입니다. 잠자리를 소중하게 여기세요.

아름다운 외도?

> 필리스 : 로저, 매번 다른 여자를 끼고 나타나는 바람둥이 조 네이머스와
> 당신 자신을 비교할 때 어떤 생각이 드나요?
>
> 로저 : 필리스, 물론 저 역시 조만큼이나 성적인 욕구가 높습니다. 하지만
> 다른 점은 저의 성적 관심은 전부 한 여인에게만 집중되어 있는
> 것이죠.
>
> —미식축구스타 「로저 스타우바흐의 인터뷰」 중에서

결혼생활에 있어 가장 강력한 적은 바로 간음문제입니다. TV나 영화에서는 결혼한 사람이 애인을 두는 것을 마치 아름다운 것처럼 종종 묘사합니다. 그래서 한 번쯤 바람피우는 것을 대수롭지 않게 여기며, 이것을 하나의 놀이로 생각하는 경향이 만연하고 있습니다.

과연 당신은 하나님이 짝지어주신 한 사람에게만 초점을 맞출 자신이 있습니까? 싱글포커스를 통하여 한 사람에게 초점을 맞추지 않을 때 오는 결과는 어떤 것인지, 어떻게 그 무서운 결과를 사전에 막아낼 수 있을지에 대해 구체적으로 알아보도록 합시다.

Start!

∞ 한 사람에게만 초점을 맞추는 것은 하나님의 명령입니다. 하나님은 두 마음을 품은 사람을 싫어하십니다. 특히 간음은 하나님이 가장 싫어하시는 죄입니다. 이 과에서는 간음을 해서는 안 되는 이유에 대해 구체적으로 알아봅시다.

1. 간음이 무엇입니까? 그리고 성경에서는 간음의 범위를 어떻게 말하고 있나요?

마 5:28

"나는 너희에게 이르노니 여자를 보고 음욕을 품는 자마다 마음에 이미 간음하였느니라"

2. 왜 간음이 일어난다고 생각합니까?

3. 간음이 초래하는 결과를 한번 상상해보십시오. 무엇이 연상됩니까?

∞ 다윗이 치른 대가는 어떤 것이었는지에 대해 생각해 봅시다.

삼하 11:2~4

"저녁때에 다윗이 그 침상에서 일어나 왕궁 지붕 위에서 거닐다가 그곳에서 보니 한 여인이 목욕을 하는데 심히 아름다워 보이는지라 다윗이 보내어 그 여인을 알아보게 하였더니 고하되 그는 엘리암의 딸이요 헷사람 우리아의 아내 밧세바가 아니니이까 다윗이 사자를 보내어 저를 자기에게로 데려 오게 하고 저가 그 부정함을 깨끗케 하였으므로 더불어 동침하매 저가 자기 집으로 돌아가니라"

Project

∞ 기도하라

1. 혼탁한 이 시대에 하나님을 믿는 백성들이 주의를 기울여야 할 것은 무엇입니까?

마 6:13

"우리를 시험에 들게 하지 마옵시고 다만 악에서 구하옵소서"

∞ 배우자를 적극적으로 사랑하라

2. 하나님이 주신 배우자를 어떻게 대해야 합니까?

말 2:15

"여호와는 영이 유여하실지라도 오직 하나를 짓지 아니하셨느냐 어찌하여 하나만 지으셨느냐 이는 경건한 자손을 얻고자 하심이니라 그러므로 네 심령을 삼가 지켜 어려서 취한 아내에게 궤사를 행치 말지니라"

∞ 거룩한 일에 바빠지라

3. 누구나 게으름에 빠지면 죄악에 눈을 돌리게 됩니다. 세상 사람과 다른 우리는 무엇에 바빠져야 합니까?

호 6:3

"그러므로 우리가 여호와를 알자 힘써 여호와를 알자"

∞ 유혹의 가능성을 피하라

4. 애초에 간음이 일어날 가능성 자체를 피하는 건 어떨까요? 그 가능성이 무엇입니까? 남자는 무엇에 약하던가요?

삼하 11:2

"저녁때에 다윗이 그 침상에서 일어나 왕궁 지붕 위에서 거닐다가 그곳에서 보니 여인이 목욕을 하는데 심히 아름다워 보이는지라"

5. 사람들이 실수하는 것은 그것에 따른 결과를 생각하지 않기 때문입니다. 간음으로 나타날 결과는 어떤 것일까요? 배우자가 받을 상처, 자녀들의 미래에 대해 구체적으로 적어보세요.

• 배우자가 받을 상처

• 자녀들 앞에 펼쳐질 미래

간음을 저지르기 전, 바로 위에 기록된 내용들을 꼭 기억하길 바랍니다. 결과를 예상한다면 쉽게 죄의 발걸음을 옮길 수 없을 것입니다.

Tip

"결혼 안의 성은 아름답고 만족을 주며 창의적이다. 결혼 밖의 성은 추하고 해로우며 파괴적이다."　　　　　　　　　　　　　　　　－존 맥아더－

육체적 하나 됨에 담긴 영적인 의미

육체적인 하나 됨은 영적인 하나 됨을 표현합니다. 육체적으로 하나가 된다는 것은 그리스도께서 그의 신부인 교회와 영적으로 하나 됨을 나타내는 지상적 표현인 것이죠. 간음이란 용어의 성경적 용법은 비유적으로 하나님의 나라와 약혼 관계에 있는 백성을 타락케 하는 행위나 우상숭배를 나타내고 있습니다(렘 3:8~9, 겔 23:27~43, 호 2:2~13, 마 12:39, 약 4:4).

이러한 용법은 남편과 아내 사이의 관계를 모방해서 하나님과 그 백성 사이의 관계에 대한 비유에 근거합니다(렘 2:2, 3:14, 13:27, 호 8:9). 법적인 계약과 사람의 매임이 포함된 결혼은 그리스도와 그의 교회 사이의 적절한 관계의 상징인 것입니다(엡 5:25~27).

십계명의 1, 2계명 "너는 나 외에는 다른 신들을 네게 있게 말지니라. 너를 위하여 새긴 우상을 만들지 말고, 또 위로 하늘에 있는 것이나, 아래로 땅에 있는 것이나, 땅 아래 물속에 있는 것의 아무 형상이든지 만들지 말며, 그것들에게 절하지 말며, 그것들을 섬기지 말라"(출 20:3~5)는 것을 통해 하나님은 우상을 섬기는 것(영적인 간음)을 가장 싫어하신다는 것을 알 수 있습니다. 육의 생활은 영의 생활을 표현한다는 것을 꼭 기억하세요!

"마음의 깨끗함, 진정한 마음의 깨끗함은 오직 한 가지 목적에 몰두하는 데 있다. 신적인 목적, 하나님의 목적 앞에 몰두 할 때 나는 내 마음이 깨끗해지는 것을 느낀다."

-죄렌 키에르케고르-

할례의 의미

할례는 남성의 생식기의 표피를 약간 제거해 내는 외과술이다. 흔히들 포경수술이라고 말한다. 성경에서 할례는 하나님의 언약 백성에 속한다는 필수적인 외적 표징이나 인침을 의미하는 중요한 예식이었다(창 17:11, 행 7:8, 롬 4:11).

이스라엘 백성 중 남자에게만 적용되는 것으로써 난지 8일 만에 할례를 받음으로 영적 순결과 거룩함을 증명 받고 하나님의 택한 백성으로 인정되었다.

신약에서의 할례에 대한 적극적 의미는 율법의 성취가 아니라, 계시의 이전 역사에서 하나님의 택한 백성의 표시로 나타난다. 즉, 할례는 메시아의 약속을 포함한 하나님의 명령의 한 부분이며, 참된 할례는 마음에 하는 것으로 예수 그리스도에 대한 믿음이 할례를 대신하게 되었다(롬 4:9~11).

구약은 육신의 할례를 통해 영적인 할례를 강조했다면 신약은 영적인 것만 인정하여 이방인에게 할례를 받도록 하는 것을 강조하지 않았다(행 15:19~20).

그러면 왜 하나님이 이스라엘과의 언약의 표시를 세긴 곳이 하필이면 왜 남성의 음경이었을까? 이에 대하여 학자들은 성적 범죄는 인간이 가장 빠지기 쉬운 유혹이고 유혹에 빠질 때 하나님께 속했음을 꼭 기억하도록 하기 위해서였다고 말한다. 범죄를 저지를 때 '주의 언약 백성의 표시'가 보이기 때문에 스스로 돌아보게 되는 것이다.

-스티브 파라의 「포인트맨」 중에서-

∞ 싱글포커스를 통하여 당신은 무엇을 배웠습니까? 당신이 간음에 대해 가지고 있었던 개념과는 어떻게 달랐나요? 자유롭게 의견을 나눠 본 후 하나님 앞에서 거룩한 백성으로의 삶이 어떤 것인지 진지하게 한 번 생각해 봅시다.

∞ 싱글포커스를 도와 줄 간음 예방백신을 다시 한 번 정리해 볼까요?

저자

조성의 목사

총신대학교 신학과를 졸업하고 같은 대학원에서 신학과 교회성장학으로 석사학위를 받았으며, 리전트 대학교에서 리더십을 전공으로 박사과정을 마쳤다.
지금은 안산동산교회를 섬기며, 실용목회연구원의 대표로 사역하고 있다. 또한 장로교 총회에서 운영하는 청소년 지도자 컨퍼런스의 강사로 활동 중이다.

저자

김현성 전도사

연세대학교에서 공학과 경영학을 전공한 후 침례신학대학원에서 신학을 수학했다.
현재는 실용목회연구원의 연구원으로 재직 중이며, 새가족 정착 프로젝트의 공동 연구진으로, 결혼예비학교 강사로 활동 중이다.

매력남녀 실천편

초판 1쇄 발행일 2007년 05월 10일

저　자 | 조성의 · 김현성
발행처 | 베드로서원
발행인 | 한순진
대　표 | 한영진

등록번호 : 제318-2005-000043호 · 등록일자 : 1988. 6. 3

서울시 영등포구 양평동4가 281 삼부르네상스한강 1307호
Tel. 02)333-7316, Fax. 333-7317
www.petershouse.co.kr
E-mail : peter050@kornet.net

피터스하우스는 기독교문화 창달을 위해 좋은 책 만들기에 힘쓰고 있습니다.
*파본 및 잘못된 책은 바꾸어 드립니다.

ISBN 978-89-7419-239-6
ISBN 978-89-7419-237-2(세트)

값 3,000원